유리에 가서 불탄다

KB118066

문학동네포에지 064

노태맹 시집

유리에
가서
불탄다

시인의 말

이 마른
장작더미를
우리 죽음에 바친다.
불타라 기억이여,
불타라 세계여.

1995년
노태맹

개정판 시인의 말

20여 년 만에 시집을 다시 읽었다.
허구와 싸우고 혁명을 꿈꾸던 나의 젊은 시절이
어리석기도 하고 가련하기도 하다.
그때와 지금이 많이 달라 보이지는 않으니
나는 아직도 어리석고 가련하다.
불타버리지 않은 이 장작더미를
다시 쌓아놓는 것이 무슨 의미인가 싶지만
기억은 아직도 불타고
세계는 아직도 아프다.
나는 나의 시가 늘
완전히 다 타버린 흰 재가 되었으면 좋겠는데,
그럴 수 있을지 모르겠다.

2022년 겨울
노태맹

차례

유리(羑里)에 가면

그대 유리에 너무 오래 갇혀 있었지.
먼지처럼 가볍게 만나
부서지는 햇살처럼 살자던 그대의 소식 다시 오지 않고
유리에 가면 그대 만날 수 있을까,
봄이 오는 창가에 앉아 오늘은
대나무 쪼개어 그대 만나는 점도 쳐보았지.
유리 기억 닿는 곳마다 찔러오던 그 시퍼런 댓바람,
피는 피하자고 그대는 유리로 떠나고
들풀에 허리 묶고 우리 그때 바람에 흔들리며 울었었지.
배고픈 우리 아이들
바닷가로 몰려가 모래성 쌓고
빛나는 태양 끌어 묻어 다독다독 배불렸었고.
그대, 지금도 유리에 가면 그대 만날 수 있을까.
우리는 이제 아프지 않고 절망하지도 않아
물 마른 강가에 앉아 있다던 그대와
맑은 물이 되어 만날 수도 있을 텐데.
어쩌면 그대는 유리를 떠나고
유리엔 우리가 살아서
오늘은 그대가 우리를 만나러 오는
시퍼런 강이 되기도 하겠지만.

겨울 산

폭설이 쏟아지는 겨울 산에서 우리 알게 되었네
길을 지우고 나무를 지우고 보이는 세상도 버리며
어떻게 하늘의 사랑과 땅의 노여움이
뿌옇게 서로를 끌어안으며 하나로 만나게 되는가를

길 아닌 곳에서도 우리는 새들처럼 자유롭고
옅은 계곡물 소리 하나만 열어놓은 겨울 산에서
아무도 들어갈 수 없는 겨울 산에서 우리 보게 되겠네
그곳 눈 내린 전나무 숲속에서 만나는 짐승 발자국만
으로도
어떻게 우리의 절망이 따뜻이 위로받게 되는가를

당신의 사랑은 푸른 물속에서

당신의 사랑은
푸른 물속에서 피어오르는 불길과 같습니다.
내게 등을 돌리고 연못가 조용한 풍경이 되어 서서
당신은 사랑보다 눈물이 왜 더 아름다운가를
몇 겹의 둥근 파문으로 그려 보입니다.
때로 허리 굽혀, 보라 연꽃잎 입에 문 투명한 물고기
당신이 건져올릴 때
나의 기다림은 초조함으로 바뀌어 당신이 미워지고
당신 어깨 위에 앉은 무심한 고추잠자리 한 마리도
내 사랑의 적이 되기도 합니다.
그러나 당신은 내 절망에도 아랑곳없이
내 신발 양손에 들고 나보다 먼저 나의 길을 떠납니다.
언젠가, 내가 나보다 더 당신을 사랑하게 될 때에야
비로소 나는 당신 숨결이 힘겹게 여는 길가에 핀
풀들과 가을꽃과
투명한 당신 살에 날카롭게 와 박히는 맑은 햇빛의 의미를
오래오래 내 손금 위에
푸른 강으로 흘려놓게 되겠지요.

제너럴셔먼호에 대한 기억

　황금 왕관과 붉은 도포 입고
　당신은 성난 얼굴로 내 가슴에 푸른 불창 내리꽂으셨
어요.
　놀라 십자가로 뚫린 그 아픔의 성벽 고개 내어 밀고 바
라다보면
　어둡고 피어린 대동강 한가운데
　금빛 제너럴셔먼호 닻을 내리고 정박하여 있고,
　만경대(萬景臺) 쪽에서 한꺼번에 날아오는 기억의 물
새떼. 아,
　할머니는 죽은 애비 주검 안고 여름 풀잎으로 바짝바
짝 불타오르고 있었어요.
　울음도 없이 비명도 없이 우리
　상투로 말아올린 작은 희망마저 조총으로 사살되고 있
었어요.
　잊고 있었어요, 내 가슴에 꽂힌 푸른 불창 위로 비가
퍼붓고
　비에 젖어 무거운 생의 그림자 끌며
　사람들 스스로를 묻으러 산으로 오르고 있었지요.
　그래 잊지 않아요 잊을 수가 없어요.
　황금 왕관과 붉은 도포 입고
　당신이 성난 얼굴로 내 가슴에 푸른 불창 내리꽂은 이
유 이제야 알겠어요.
　산 정상에 오른 사람들 문득 박수하며
　생의 박수를 끝낸 사람들 하나씩 푸른 불꽃 되어 피어

올랐지요.

차례차례, 휘몰아치며

살을 벗고 이글이글 타오르는 역사가 되어 환하게 피어올랐지요.

아 저기 보아요, 금빛 제너럴셔먼호가 불타고 있어요.

양각도(羊角島) 모래톱에 얹혀 맑은 불길의 고갱이에

희망봉을 돌아온 위대한 제국주의가 불타고 있어요.

푸른 단도(短刀)를 위하여

불타(佛陀)산맥 새끼손가락 끝에 매달려 있다는
장산곶이 어디쯤인지요.
태양을 눈알로 박아 넣고 산다는 장산곶 매 만나러
남해 갯따개비같이 옅은 귀 열고 더듬더듬 해안선 짚
어가며
굶주린 겨울 짐승처럼 여기까지 왔지요.
나는 불을 지펴 푸른 단도 만드는 대장장이.
늦도록 이쁜 상투 하나 못 튼 애꾸눈의 대장장이
그 겨울 남해 비탈에 동백은 유황불처럼 꽃피고
아시지요, 우리의 폭력은 밤새 솔숲을 덮은 폭설처럼
왔습니다.
부서져 불타는 굴욕의 둥지 우리 버릴 때
날카로운 발톱과 날카로운 은빛의 부리
거친 몸에서 무럭무럭 자라고 있었지요.
아 물의 정의가 쇠의 분노를 담금질 합니다.
황해도 땅 장산곶이 어디쯤인지요,
태양을 눈알로 박아 넣고 산다는 장산곶 매의 가슴에
내 뜨거운 푸른 단도 깊이 찔러 넣고 싶습니다.
그때 내 애꾸눈 태양으로 떠지고
장산곶 매 날카로운 발톱 내 머리 낚아채
은빛의 부리 갈기갈기 우리 거친 몸 찢어발기는,
불타산맥 한 귀퉁이 그곳에 가고 싶습니다.

우리 붉게 불타는 가시덤불 숲으로

둥글고 투명한 얼음 지붕이 덮고 있는
저 붉게 불타는 가시덤불 숲이 보이느냐.
말은 혀의 마찰력도 없이 얼음 위를 미끄러져내리고
바보처럼 우우 소리 내며 붉게 불타는 가시덤불 숲에
보아라, 이그러진 알몸으로 그가 누워 있다.

돌아보지 마라 꽃피던 나날들,
우리 저리로 이끌고 가는 것은 단풍나무 숲의 추억이
아니다.
오 이것은 평화가 오지 않는 나날들의 순례……
시린 어깨 위로 다시 무위의 눈 내린다.
죽은 자들만이 저 눈 내린 겨울 산에서 위로받게 되리니

가자 그를 기억하는 모든 구부러진 강철의 길들,
둥글고 투명한 얼음 지붕이 덮고 있는
저 붉게 불타는 가시덤불 숲이 보이느냐.
가시나무 신나 냄새 나는 날카로운 입술 열어
핏방울을 붉은 모음처럼 흰 눈 위로 투투 내뱉고 있다.
오랜 붉은 꽃의 거친 깃털이 수직으로 떠오르고 있다.
말해보라, 얼마나 오래 우리
잎 지는 나무처럼 즐거워도 좋은가를.

전갈춤

　전갈춤을 아십니까? 서부 영화의 결투 장면처럼, 사막의 모래바람 속에서 수전갈 같은 팽팽한 꼬리를 치켜들고 자신과 암전갈 사이에 막대기 같은 자신의 성기를 꽂아놓고 황홀한 춤을 춘답니다. 전갈의 교미는 선인장 꽃처럼 아름답고 날카롭지요. 황홀경에 빠진 암전갈이 앞으로 걸어와 막대기 같은 성기를 정신없이 몸속으로 빨아들일 때까지 수전갈은 사막의 저녁처럼 화려한 전갈춤을 춘답니다. 그러나 이것은 비극도 아니요 희극도 아닌 참을 수 없는 존재의 가려움입니다. 가려움만이 전갈의 존재 증명이요 존재 확장인 셈이지요. 이제 전갈춤을 아시겠습니까? 그런데 이곳은 욕구가 욕구를 확증하고 슬픔이 슬픔을 증폭하는 무선 통신 시대, 보이지 않아도 절대 크레디트 한 사랑의 시대이군요. 가령 막대기 같은 전갈의 성기는 끊임없이 권력의 파장을 길어올리는 신비한 안테나 같은 것이겠지요. 자 그럼 이제, 전갈춤이 있는 사막으로 춤추며 가실까요.

유리에 가서 불탄다

이제 유리에서 푸른 강의 은유는 끝났네.
물고기 산중에 매달려 있고
아침이면 가장 높은 곳으로부터
마른 북 울리며 늙은 소 물 마른 강가로 내려오네.
불길한 패처럼 태양 속에 별이 뜨고
우리 딱딱한 혀는 얼마나 오래 유리의 은유 견디는지.
스스로가 스스로에게 적인 유리 나무들 제 마른 팔 부
러뜨리고
붉은 새 안간힘으로 둥근 유리의 시간 빠져나가네.
그러나 여기 유리에서 외부는 없네
마른 북 울리며 늙은 소 가장 높은 곳으로 올라가고
물 마른 강가 저녁 얼굴 가리고
부러진 나무 속에 갇혀 우리 불타네, 우우
유리에 가서 우리 불타네.

유리는 불탄다

모든 집들은 허구였네 기억은 만들어지고
우리 헐떡이며 기다리던 물 마른 강도
만들어진 기억이었네 오래
죽은 사람들은 가서 다시 돌아오지 않았고
들판에선 사나운 꽃들이 굶주린 짐승들을 잡아먹었네
두려운 누군가가 칼을 들어 거북의 등을
내려찍었지만 모든 길들은 허구이므로
떠나온 나날들과 떠나갈 희망은 이미 만들어졌네
사진은 불태워지고 죽은 사람들은 다시
기억되지 않았고 아이들은 낡은 비닐처럼 들판에
내팽개쳐졌네 밤이 되어도
해가 산에서 떨어지지 않아 괴로운 듯 붉은 산이 몸을
비틀었고 날마다 여자들은 짐승들의 새끼를 낳았네
어차피 유리는 허구이므로
가지가지 고통 다 겪을 수 있다는 듯 남자들은 대담해
졌고
은행나무 아래 수수깡처럼 가벼운 아이의 목이 뚝
꺾였네 두려운 누군가가 칼을 들어 다시 한번 거북의
등을
내려찍었지만 모든 길들은 허구이므로
길이 끝나는 곳에서 붉은 새들 딱딱한 입 오래 다물지
못했네
⋯⋯이제 유리는 불타네
들판에선 사나운 꽃들이 마른 별들을 씹어 먹고

껵껵 트림을 해대며 거북은 마른 별들의 자리를 향해
불타는 유리의 은유 빠져나가네

금빛 물고기 유리를 삼키고

금빛 물고기 푸른 바위에 올라 유리를 삼키네.
컴컴한 가문비나무 숲 지나 낮은 언덕으로
비구름 맑은 청동 소리 울리며 내려오고
유리 떠나는 빛맞이 고갯마루 검은 거북은 돌아보네
금빛 물고기 푸른 바위에 올라 다시 유리를 낳고
번득이는 일곱 개의 샘의 눈이 유리 기르는 것을.
물 낮게 흐르고 불은 알맞은 쾌로 타올라
금빛 물고기 그 샘마다 붉은 집들을 비벼 올리니
집은 위로이네 유리에서 모든 길 밝게 빛나는 위로이네
우리 지금 오래 유리를 떠나 흐린 강가
낡은 대나무 쪼개어 붉은 집 창을 들여다보지만
유리에서 대나무 숲은 이미 베어졌네
붉은 수염 길게 자란 우리에게 유리는 이제 비밀이네
어느 날인가 금빛 물고기 붉은 바위에 올라 마른 해 삼
키자
유리 떠난 사람들 대문마다 물고기 문양 칼로 새기고
성급한 사람들은 자물쇠 덜렁거리며 다시 유리로 들어
가네.
이제 다시 유리의 감금은 시작되려 하네
컴컴한 물고기 뱃속으로 유리는 들어가려 하네.

유리는 유리처럼 빛나고

아이들은 우는 그 어미들을
산 깊이 버리고 파묻었네 스스로 타서
스스로 빛나는 둥근 유리의 자궁을 지나
아이들은 미끌거리는 미래를 빠져나오고
눈썹 끝에서 풀려나오는 은밀한 유리 는개의 유리……
그
뜨겁고 날카로운 죽음의 기억조차 둥글게 구부려놓는
맑은 유리구슬의 나날들 속으로
어미를 버린 아이들 푸른 바위 위
붉게 빛나는 유리의 마을 세웠네
유리의 집과 유리의 길들
유리에는 오직 반짝이는 외부만 있어
모두를 보여주는 모두를 비춰주는
결코 스스로 드러나지 않는 그 유리의 유리 심연 속으로
검은 거북 한 마리 천천히 걸어들어갔네
모든 꽃들과 길들 뒤틀리고
아이의 아이들은 다시 그 의미들을
산 깊이 버리고 파묻었네

음나무 아래 푸른 칼을

음나무 아래 푸른 칼을 베고 눕습니다
오래도록 마을은 비어 있고 어머니
당신은 물 밖에서 내 목 꺾으려 초조히 기다리시네요
붉은 머리칼 길게 늘어뜨리고
한 손에 복숭아 나뭇가지 꺾어 들고 어여쁜 어머니
물속 음나무 흔들리며 바라보시네요
오래도록 마을은 비어 있고 이제 딱딱한 밥알의 날들
흘러갔나요
감옥의 유리(羑里) 활짝 꽃피었나요
음나무 아래 푸른 칼 베고 누워 나
무서운 금빛 물고기 기다립니다
이제 모든 책 속의 은유와 상징은 거짓이므로
내 푸른 칼로 금빛 물고기 등 내려찍습니다
슬픈 어머니 석 달 열흘을 백일홍 앞에서 붉은 눈물 흘
리시는
거짓말 같은 내 어머니 이제
음나무 아래 내려와 이 푸른 칼로 내 등 내려찍어요
유리가 유리처럼 빛나고 있어요

붉은 꽃을 버리다

언젠가 나의 사랑도 끝날 것입니다.
아직 나는 당신이 누구신지 모르고
이름도 모르는 흰 꽃 꺾어 매일 당신에게로 윤회하는
푸른 강물도
저 도시 어디쯤에선가 이제 끝날 것입니다.
아시나요, 검은 느티나무 아래
우리 유리의 둥근 구슬 삼키며 온종일 죽음만 생각했
었지요.
어쩌면 당신은 당신의 먼 기억에서
우리 슬픔으로 흘러넘치는 만들어진 강물 소리 같은
것이어서
언젠가 끝날 내 사랑도 우리의 생도
당신에겐 섭섭지 않겠지요.
검은 느티나무 아래
유리의 둥근 구슬 삼킨 내 몸 붉은 이끼로 뒤덮이고
붉은 꽃으로 부서지고 부서진 뒤쯤에야
먼 강물 소리 당신 사랑도 끝날 것인지요.
아직 나는 당신이 누구신지 모르고
당신은 내 사랑도 없이 먼 강물 소리 건너
어찌 그리 잘도 가십니까.

제강(帝江)을 기다리며

이곳의 어떤 신은 그 형상이 누른 자루 같은데 빨간 불꽃의
붉음이 온몸에 배어 있다. 여섯 개의 다리와 네 개의 날개를
갖고 있는데 얼굴이 전혀 없다. 가무를 이해할 줄 아는
이 신의 이름은 제강이다.
—『산해경』에서

제강에 나가 제강을 기다립니다
모든 양식의 얼굴 버리고 반짝이는 조약돌
흐르는 물소리에 컴컴한 내부를 비워줍니다
이제는 아무도 제강에 흰 빨래 널러 안 오는지
마을로 난 여섯 갈래의 길과
하늘로 뻗은 네 줄기의 길엔 자꾸
푸른 수염만 자라나고 있습니다
그래도 제강에 나가 제강을 기다리며
모든 얼굴의 양식 버리고
비스듬히 선 오월의 나무들
반짝이는 물소리에 꽃피는 육신 자꾸 열어줍니다

마른 버드나무 가지 후려치며

어머니 이제 모든 것 단념하신 듯
어둠처럼 굳게 입 다무신다.
비상등만 켜진 병원 9층 복도 낮은 빗소리,
딱딱한 의자에 무릎 세우고 앉아
누가 우산도 없이 마로니에나무 속으로
컴컴하게 걸어들어가는 것 내려다본다.
천천히 어두운 물속으로 잠기는 도시와
어리석은 집들과 어리석은 길들이 끌고 가는 젖은 불
빛들.
문득 유리창 열어젖히고 깊이 도시가 잠긴 수면 위를
마른 버드나무 가지로 획획 후려친다.
나오너라 이놈아, 나오너라 이놈아,
유리창 위로 더 굵은 빗줄기 주르르 흘러내린다.
왜 우리 오래 꽃피는 나무 아래
오지 않는 누군가를 기다렸던가……
나도 이제 모든 것 단념하고
어둠처럼 굳게 입다문다.
지상의 빗방울들 9층까지 튀어올라 내 얼굴 획획 후려
치고.

내 뱃속에는 녹슨 칼이 산다

마당에 푸른 칼이 내리꽂혔네 떨리며
마른 대나무 끝으로 감아올라가던 징그러운 붉은 징소리
고개 숙여 자주 엄마의 아픈 배 들여다보았네
눈을 떴다 감았다 하는 인형 같은 엄마의 입에서
탁한 방울 소리 흘러나왔네
— 엄마 나 따뜻한 바다에 둥글게 눕혀주세요
— 아들아 내 뱃속에 푸른 칼이 사는구나
절구에 흰 조개껍질 빻으며 덧없이
그렇게 서 있던 더러운 사철나무의 세월은 갔네
죽음은 다시 기억되지 않았고
바다는 여기서 너무 멀었네 날마다
컴컴한 다락에 올라가
벌거벗은 노랑머리 인형 다리 사이에 끼고 나 잠들었네
마른 대나무 끝으로 감아올라가던 징그러운 붉은 징소리
고개 내밀고 자꾸 내 배 들여다보았고
— 아들아 나 따뜻한 바다로 둥글게 눕혀주겠니
— 엄마 내 뱃속에 녹슨 칼이 살아요
떨리며 마당에 푸른 칼 내리꽂혔네
더러운 사철나무 위 마른 별들은 폭포 져 쏟아져내
리고……

노을에 목놓아 울다

홍광산(紅光山) 꼭대기 크지 않은 바위라네
칡덩굴 둘러 어깨에 메고 나 사막으로 끌고 가려 했네
노을이 붉고 긴 띠처럼 등 굽은 소나무에서 풀려나오고
어둔 물소리 가벼워진 산 더 높은 산으로 끌고 올라갔네
푸른 뱀처럼 미끌거리는 길 위에서 으으느는 노래불렀네
목이 붙어 있던 자리에서 붉은 고름 흘러나오고
안 보이는 먼 홍광산 쓰화큭크 웃음소리 들렸네
바라볼 얼굴도 없이 우리 생애는 비통했네
오랜 고통도 이제 더러워져
칡덩굴 둘러 어깨에 메고 나 사막으로 끌고 가려 했네
홍광산 꼭대기 크지 않은 바위 태양의 얼굴 새겨
클클거리는 우리 몸통 붙여주고 싶었네
그러나 사막에는 오래도록 사막의 전갈들만 살고
빛인 이성은 모래알처럼 흩어져
이제 사막에는 몸통 없는 머리의 비통만 남았네
안 보이는 먼 홍광산 쓰화큭크 웃음소리 들렸네
몸통 없는 머리 오래도록 사막에 묻혀 있어
노을은 붉고 긴 띠처럼 등 굽은 지평선에서 풀려나왔네
그 끝에 매달려 푸른 뱀처럼 목놓아 울었네

눈꺼풀 이야기

1

까닭은 모르지만 보리달마가 서쪽에서 와 소림사 벽을 9년씩이나 안간힘으로 떠밀고 있던 중, 충분한 영양과 수분의 밸런스를 갖추지 못한 쭈글쭈글한 눈꺼풀이 아래 것과 들러붙어 도무지 뜨이질 않는지라 에라, 보리달마는 거친 양손으로 눈꺼풀을 쥐어뜯어 땅바닥에 결정적으로 내팽개치게 되었다(이것 때문에 그의 눈은 항상 부리부리 한가보다). 그런데 그 자리에서 파릇파릇한 싹이 돋아 올라오는지라 귀히 여겨 나중 수도승들이 다 자란 그 이파리를 달여 마시자 매우 정신이 맑아졌다 한다(이것이 차의 기원이란다). 이 눈꺼풀 이야기는 전통찻집 차밭골에서 채지충의 육조단경 만화를 보면서 알았다. 한데 기다림은 눈꺼풀을 정말 푸르도록 무겁게 하는 것일까?

2

처음 인체 해부 실습을 하다보면 제일 두려운 것이 눈이다. 피부를 절개하고 흉골 같은 것을 톱으로 썰고 젖히고 하다보면 등뒤에서 눈꺼풀이 스르르 반쯤 말려 올라가고 딱딱한 손이 허리에 척 와 달라붙는 것이다. 뭘 보시지요, 하면 좋겠지만 반쯤 뜨인 눈의 현묘한 섬뜩함이란 가령 광주 항쟁 사진첩 제44쪽을 보면 알 수 있을 것이다. 헝겊으로 대충 덮어두지만 운명적인 순간은 눈알을 적출해낼 때이다. 눈꺼풀을 젖히고 절개할 때 그대를 바라보는 회색의 눈빛! 도대체 지금 이 눈꺼풀은 무얼 숨

기고 무얼 드러내고 싶은 것일까?

3

만화영화 〈톰과 제리〉를 보면 졸음이 오는 눈꺼풀을 성냥개비 같은 걸로 받쳐내는 고양이와 쥐의 절묘한 장면들이 가끔 나온다. 눈꺼풀이 곧 잠이라는 뜻이리라. 하긴 이런 일도 있다. 분명 눈을 감고 설핏 잠이 들었는데 마치 눈꺼풀이 유리창이라도 된 듯이 밖이 훤히 내다보이는 것이다. 이런 제기랄 눈감아도 잘 보이네, 하다가 언뜻 정신 차려 눈을 떠보면 가위질당한 영화처럼 영 엉뚱한 장면이 나타나는 것이다. 억지로 커튼처럼 말아올려서라도 봐야 한다는 성냥개비 눈꺼풀과 덮어놔도 보일 건 보인다는 유리 눈꺼풀 사이에는 무엇이 있을까? 석굴암 석가세존의 붙을 듯 말 듯한 눈꺼풀?

4

후배에게 눈꺼풀 이야기를 써야겠다고 했더니 날 보고 조르주 노타유란다. 그렇게 야한 바타유란 놈의 눈 이야기처럼 이 눈꺼풀 이야기도 색 쓰지 말아야 한다는 이유가 없으니 그럼 나도, 눈꺼풀이 두꺼운 사람은 정력이 강하고 눈꺼풀이 얇은 사람은 밤마다 고생깨나 한다라고 되나 안 되나 무턱대고 지껄여보자. 무턱대고 지껄여도 그래도 무슨 말인지 알아야 하지 않겠느냐고 항변한다면 이런 말은 어떨까, 떠 있어야 할 눈과 덮여야 할 눈꺼풀

혹은 그 숱한 깜빡거림과 눈꺼풀 아래로 흐르는 눈물에
대해선. 그래도 모르겠으면 눈꺼풀 덮고 잠이나 잡시다,
릴케의 장미처럼 중얼거리고는 푸른 가시나 툭툭 내밀어
볼까?

매화를 읽다

마루에 들여놓은 매화가 뚝뚝 지고 있다.
지긋지긋하다.

덩굴장미 손을 풀고

덩굴장미 손을 풀고 어지럽게 쓰러지는구나 얘들아
신전의 벽화 금이 가고 붉은 달 탱탱히 부어오르는데
숲길은 왜 이리 어두워져
더딘 발밑마다 희망은 절벽으로 끊어지고 있느냐
내 죽음의 날들을 팔 걷어 짚어보아라 너무 오래
편안히 부서지는 채로 부서져 물이 되는 꿈 꾼 것 아니
더냐
위독하였더니라 꽃들은 뿌리를 버리고
푸른 이파리 가지를 떨쳐내는 그래 그때
만장기 그려지며 할아비의 비석은 깎여지고 있었더니라
산새들은 올 때마다 별들 맑은 쇳소리로 울리고 오
잠은 정겨운데 얘들아 이젠 돌아가야겠구나 더 깊은
죽음
푸른 동굴에서 흘러내리는 시원한 계곡물로 흘러
내 할아비의 주검에로 우리 강이 되어 반짝여야 되겠
구나
오래전 내 죽음을 밀어올리던 바다의 연꽃 살은 부드
러웠고
바다에 와 꾸물대며 옷을 벗는 강가에서 수줍게 한 맹세
이제는 섬이라도 되어 모래알은 쌓여 있겠구나 부끄러
워라
죽음이 생명으로 끌고 가는 컴컴한 먹장구름이여
어둔 가슴에서 맑은 하늘 펼쳐내어 나는 펄럭이겠네
흘러 물이 되겠네

할아비는 나부끼며 녹아들며 컴컴한 상여에서 일어나

바리다 바리덕이 더지다 더지덕이 내 얼굴 안아주게
되겠네

얘들아 덩굴장미 걷어라 붉은 신전에 경배하고

우리 푸른 강이 되어 흘러야 되겠구나 맑은 이마 가시
긁혀도

하늘엔 빗방울로 안타까운 무거운 구름 걸음

보아라 보아라 저기 오는 네 할아비의 상여를

석기시대는 이미 갔다

새벽 네시 지나도 너는 돌아오지 않는다.
다시 들어올 수 있도록 낡은 철대문 살짝 붙여놓고
걱정스러운 마음 큰길까지 나가본다.
서성거리는 신신 석물 공예사 앞.
아직 겨울나무는 딱딱하게 둥근 잠에 빠져 있고
철기시대의 길이 한남 사우나 쪽에서부터 길게 파헤쳐
져 있다.
(춥다) 손 비비며 길가에 세워둔 돌절구에 불지피다
뒤돌아보면 엄청 키가 큰 미륵불이다. 나무……
그 옆에는 팔공산만한 미래 머리에 올려놓고
키 작고 못생긴 미륵불 잔뜩 얼굴 찌푸리며 균형을 잡
고 있다. 나무……
새벽 네시 반 지나도 너는 돌아오지 않고
공예사 한구석에서 상심한 세 명의 성모 마리아
커다란 숄 머리부터 내려쓰고 걸어온다.
얼어 퉁퉁 부은 얼굴을 한 조그만 석가불이 알은체를
하고
빈 호로병 기울이며 약사불은 아예 난감한 얼굴이다.
(춥다) 살집이 좋은 석가불이 돌절구 속으로 흰 꽃 던
진다.
너는 돌아오지 않고, 나무……
내 얼굴은 불속의 눈덩이처럼 치직치직 일그러지며 녹
는다.
발 동동거리며 새벽 다섯시.

수십 개의 망부석과 해태가 잠신들 사이사이 엎어지고
너는 끝내 돌아오지 않는다.
낡은 철대문 열고 다시 집으로 돌아와보면
너 이미 두꺼운 이불 덮고 잠들고……
네 얼굴 향해 내 커다란 화강암 비석 하나 내던진다.
(이런 멍청한 놈) 석기시대는 이미 갔다.

다시 제강을 기다리며

가랑잎마다
안개 잠들고
누가 죽어서
죽은 데로
나는 내려간다
— 고은, 「일선사에서」에서

잎 지는 가을 내내 안개 산 걸어내려
우리 제강에 푸르고 둥근 얼음의 집 세웁니다.
이제는 아무도 얼어붙은 제강 노래하지 않아
우리 붉은 제강이 내려간 길의 끝 모르고
흰 이마에 죽음은 날카로운 고드름 날마다 흘려보냅니다.
그래도 얼어붙은 제강에 가서 제강을 기다리며
파란 불꽃 튀기며 도끼로 강 내려찍습니다.
바라볼 얼굴 제강은 없으니
누런 쌀자루 같은 온몸 캉캉 울리도록
얼음의 집 앉아 붉은 제강 날마다 내려찍습니다.

붉은 옷고름 풀리며 그대

봄 나무의 물관처럼 어둡고 눅눅한 길이었네
목련이 손 흔드는 수천 흐린 불빛 아래
그대 좁은 어깨 움츠리며 지나가고
어두운 강물 소리 엷게 벌린 그대 입으로 흘러내리고
있었네
이곳이 이곳에서 가장 멀어
그때 나 푸른 잎 소식 없는 늙은 느티나무에 기대어
건달처럼 껌 쩍쩍 씹으며 지나가는 그대 누구냐고 물
었네
그러나 그대 좁은 어깨 움츠리며 묵묵히 지나가고
그대 뒤를 따라 붉은 산새 몇 마리
실개천 한 가닥씩 다리에 묶고 강으로 가고 있었네
(오 이해할 수 없는 것은 이해될 수 없는 것이지)
목련이 손 흔드는 수천 흐린 불빛 아래 느릿느릿 걸어가
나 그대 뒤통수 향해 굵은 참나무 몽둥이 힘껏 내리쳤네
……붉은 꽃 붉은 옷고름 풀리며 그대
산봉우리 젖가슴 새벽하늘에 푸른 젖 물리고
그랬었네 새벽 푸른 바람 마을로 가며
피투성이 건달 산기슭에 다시 묻어주고 있었네

하루종일 TV만 본다

사내가 떡볶이 판을 뒤엎었다 뜨거운
비명이 붉은 떡처럼 탄력 있게 모두의 입에서 튀어나
왔다
쓰러진 여자가 일어서 사내의 목을 물자
사내의 억센 손이 여자를 천장으로 천천히 던져올렸다
천장의 바늘구멍만한 틈으로 빨려들어가는 여자의 발
목을
여자의 딸이 간신히 잡았다 여자의 코에서 붉은 흙이
주르르 흘러내렸다 백일홍이 지고 있었다
여자의 딸이 사내의 발등에 끓는 기름 쏟아붓자
사내는 머리채를 잡고 우는 딸의 목을 뚝 꺾었다
이곳이 이곳에서 가장 멀구나
여자가 바닥의 만두처럼 한번 더 짓이겨졌다
사흘 만에 사내는 다시 떡볶이 판을 뒤엎었다
이번에는 여자가 끓는 기름에 스스로의 손을 집어넣었고
울며 뛰쳐나간 여자의 딸은 사철나무 아래
여왕개미처럼 사내의 알을 수북이 낳았다
천천히 돈을 챙겨가는 사내를 위해 여자는 국밥 끓이며
잘 구워진 한 손 도마 위에 올려놓고 접시에 탁탁 썰어
담았다
이곳이 이곳에서 가장 멀구나
마늘과 고추 듬뿍 풀어 넣으며 사내는 어쩔 수 없는 시
대라고
말했다 다시 백일홍이 지고 있었다

그 식당에서 있었던 그날과 백일홍의 석 달 열흘

그 사내 날 알아보지 못했으므로 떡라면 먹으며 나 낙
타처럼

하루종일 TV만 보고 있었다

들끓던 강물 잠잠해지고

들끓던 강물 잠잠해지고
거친 내 마음도 가라앉아 흔적 없네
화평하여라 물속 황금 물고기
백일홍 물그림자 한나절 붉게 끌어안고 내
없는 마음이 마음을 둥글게 불러보게도 되리
이제 다시 그대 맞으러 이 강가 오지 않는다면
하긴 쓸쓸키도 하리라
강가 붉은 모래알 죽은 자들의 썩지 않는 흰 소맷자락
……
들끓던 강물 잠잠해지고
멀리 거친 바다도 가라앉아 흔적 없네

현(玄)을 설(說)하다

그 여자 다시 그 남자에게 잡혔네. 열세번째. 그 남자 껵껵 울다가 드디어 채찍을 들어 다시 그 여자 내려치기 시작했네. 어두운 정원이었네. 또다른 나무와 풀들과 새들이 이름을 얻어 역사를 열고 있었네. 솜사탕처럼 손쉽게 부풀어지고 있었네. 그 여자의 울음 신음소리로 바뀌자 어둡고 깊은 질 속으로 갖가지 형상과 질료의 ㅇ ㅁ과 ㅅ과 ㄱ이 구겨 넣어지고 있었네. 마구 낳고 또 낳으라, 붉은 새벽이 그 여자의 다리로 줄줄 흘러내리고 있었네. 다시 그 여자 그 남자의 부하를 사랑했네. 그 여자 자신의 푸른 상처 보여주었고 그 부하는 상처를 붉고 긴 혀로 핥아주었네. 느티나무에 걸린 그들의 옷이 우울하게 바람에 흔들리고 있었네. 어떤 역사도 낳지 않을 거예요, 자줏빛 커튼 길게 찢어지고 먼 천둥이 쳤네. 그 남자 분노에 떨며 그 부하 느티나무에 묶어 불태웠고 채찍이 그 여자의 몸을 검은 뱀처럼 휘감았네. 보라 나의 푸른 산과 들과 나무와 풀꽃과 그리고 우리 맑은 햇살과 강물 속의 온갖 짐승들을. 그 남자 엎드려 껵껵 울고 그 여자 38구경 권총으로 그 남자 머리통을 날려버렸네…… 순식간에 끝나버렸네. 그 여자 자막이 오르기 전 다른 비디오테이프를 갈아 끼우며 중얼거렸네. 현이란 자연의 시작이며 만물의 근본이라. 그렇게 잠시 어둠이 왔네.

개들조차 불행하다

며칠이 지나도 그 남자 돌아오지 않네
물위에 던져진 가죽나무 그림자 느릿느릿 뜯어먹어도
하늘 높이 걸린 여름 해 오래 떨어질 줄 모르고
더러운 하수구 넘쳐나던 그 여름의 몇 달 지나도록
그 여자의 남자 돌아오지 않네
여자는 등나무 그늘에 기대 날 저물도록 라디오를 듣고
그 발아래 샐비어
붉고 더러운 혓바닥 느릿느릿 뜯어먹다 지치면
대문 앞 지나는 수많은 발과 함께 어두워가며
귀밑에까지 와 눕는 먼 가을 산 붉물소리에
우우 울기도 하네
왜 우리의 사랑은 오랜 기다림이기만 한 것인지
다시 그 가을의 몇 달이 지나도
그 여자의 남자 돌아오지 않네
절룩거리며 한줌의 햇살과 젖은 양식 따라다니던
그 몇 년의 나날들 다 지나도록
그 남자의 여자 다시 돌아오지 않네

물고기를 찾아서

그대 물고기 가시 양손에 들고 있네요. 누가 다 발라 먹은 물고기 가시 양손에 들고 노을 받는 언덕길 타박타박 걸어 올라오고 있네요. 아니면 강에서 잡아온 물고기 다 뜯어먹고 빈 가시 들어 털 몸으로 장작불 돌며 춤추고 있네요. 서투른 화가인 나 싸리나무 가지로 당신을 그립니다. → 홋날 이 그림 보고 사람들 무(無)라 하기도 하고 무(舞)라 하기도 하네요. 바보 같은 물고기 활활 불타며 無하고 舞하게 한다는 뜻이겠지요. 無와 舞가 한 몸이네요. 그럼 어디 그대 오늘 저녁 찬으로 오른 고등어 다 발라 먹고 無하고 舞해볼까요? 無도 이야기될 수 있다면 매일 물고기 먹고 그대 無하고 舞해서 내게 無 들려주세요. 물고기 젓갈로 無김치도 담가서 내게 맛보여주세요. 그런데 그대 대체 내 물고기는 모두 어디로 사라졌나요? 죽음에서 물고기 비린내 나고 오리처럼 강물에 대가리 처박고 나는 뚫린 눈만 껌벅거리고 있네요. 지금 저기 저 물고기 가시 양손에 들고 물풀처럼 춤추고 있는 사람들 보이나요?

여기 목어의 시커먼 내장 길게 내걸리는

1

산 정상에서 구름 도시 내려다보며 와! 할 때, 감탄까지 누구 걸 베끼고 있다는 생각에 멈칫 불심검문 당하는 건 일종의 〈영향에의 불안〉 아닐까? 그래도 산 정상에 와서보면 알리라 차별적으로 햇살을 분배받는 저 아래 도시의 길들을. 누가 쌓아놓은 돌탑 꼭대기에 새로이 돌 하나 얹는다. 聖맑스, 내 이십대를 지켜주던 주보성인…… 계곡 가까이 내려서는데 반달곰 한 마리 굴참나무에 온몸 쿵쿵 부딪고 있다. 올려다보면 꼭대기에 반짝이는 물고기 한 마리 걸려 있다.

2

담배 한 개비 피우려고, 가라앉아 낮은 무덤 옆에 앉는데 뒤쪽이 소란하다. 마카로니 웨스턴의 한 장면처럼 터프가이 한 명 새파랗게 질린 얼굴로 수풀에 숨어든 사람들 목을 향해 기관총 난사하고 있다. 피가 쏟아지며 굴참나무 한 그루 쓰러진다. 아니 이게 무슨 짓이오, 말 못하고 나 지금 죽음이나 슬슬 베껴먹고 있는 건 아닐까? 솔숲에 세워진 단청 낡은 시 속에서 풍경 소리 들린다. 얼른 합장하고 뒤도 안 돌아보고 들어간다.

3

범어사 대웅전 앞 계단 승조의 조론(肇論) 깔고 앉아 있는데

아직 제대로 중도 못 된 새파란 중놈 지나가다가
어깨 너머 내 쪽으로 뒤돌아보며 씨익 웃는다.
뒤에 누가 있나 싶어 뒤돌아보면
아무도 없고,
아무도 없는데 아 이런 썹새끼!
중놈이 섰던 자리에 문득 늙은 보리수 서고
그 가지 가지 후벼낸 목어의 시커먼 내장 길게 내걸린다.

4

시커먼 내장과 같은 어둠이 오는구나, 목어가 딱딱한
혀로 말하자 산새들이 와서 그 혀를 쪼아먹는다. 고개 들
면 어두운 하늘, 혀 없는 입벌림의 틈으로 끈적대며 흘
러내리는 욕망의 별자리들. 멀리 있는 산들이 불안하겠
다…… 빨리 내려서자, 하는데 보리수 뿌리째 쓰러지며
내려가는 길 두 토막으로 잘라놓는다. 지랄, 이번엔 머리
통도 없는 목어의 꼬리지느러미가 내 딱딱한 뺨을 허공
에서 후려친다. 이 피비린내!

5

이제 모든 산을 버리리라,
죽은 자는 죽은 채로 있게 하리라,
도시로 들어가는 고속버스 타고
집에서는 주체할 수 있는 꿈만 꾸리라, 해도
꿈은 자주 신발 잃어버려 정처 없이 길 따라 나서고

그사이 돌아가신 어머니 다시 살아 돌아가시는데
썩은 강에서 울며 흔들리는
쏟아지며 소용돌이치며 헝클어지는, 달의 이목구비.
대체 어머니 지금 어디에 계십니까?
물풀 같은 어머니 말씀하신다. 썩을 놈 와서 보면 될
것 아니냐.

6
갑자기 창밖이 초록으로 물들고 창 열면 아스팔트 위
로 딱딱딱 소리를 내며 무수한 목어들 하늘에서 쏟아진
다. 여기가 어디인가? 모든 무덤들 조개처럼 끈끈한 입
벌리고 위태한 빌딩마다 현수막처럼 목어의 시커먼 내
장 길게 내걸린다. 이제 역사는 사흘 낮 사흘 밤을 물고
기 뱃속에서 잠들리라…… 아무도 가지 않는 길이 물풀
처럼 풀리고, 반달곰 한 마리 아직도 굴참나무에 온몸 쿵
쿵 부딪고 있다. 올려다보면 꼭대기에 목어의 시커먼 내
장 길게 내걸려 있다. 이미 집으로 가는 길 끊겨 있다.

붉은 거미를 만나다

아름다운 봉황이었어요. 벌새만큼 작은, 둥글게 담은 내 두 손 안에서 파닥이는, 그러나 나비의 얇고 부드러운 날개를 가진 이상한 봉황이었지요. 봉황나비라고 이름 붙여줄까요. 만화영화처럼 몸에서 빛을 뿜어내고 내 마음은 벽오동나무로 가슴을 댄 가야금처럼 환하게 울렸다라고 말해도 좋았을까요. 그런데 가만 들여다보니 봉황의 나비 날개엔 누군가의 이름 적혀 있었어요. 저녁노을 속으로 애타 부르던 당신의 이름 아니었지요. 누구의 이름이었을까요. 턱없는 순결함을 주장하는 것은 아니지만 내 입은 둥글게 벌어지고 둥근 기억 속에서 붉은 거미 한 마리 천천히 기어나왔어요. 덧없이 붉은 거미의 상징에 대해 생각하진 말기로 해요. 그저 두려워 창문 열고 봉황을 날려보내주려 하였지요. 그런데 날개만 날아가고 몸은 긴 포물선 그리며 강으로 떨어져버렸어요. 누가 이 우스운 몽타주를 만들고 있을까요…… 그대 내게 한세상 보냈는데 보내는 그대 마음만 붉은 사막을 날아가네요.

세석강에 가서 울다

모든 꽃들 시들고
내 詩 텅 빈 절터에 남은 오층 석탑 같네.
이끼 끼고 금간 그리움 슬픔 우거진 숲속
한갓 무너진 돌무더기로 누워 있고
그리움 슬픔 아닌 모음들만 오오우우 흰 새떼 몰아
저녁 세석강 흘러드네.
버릴수록 더 흘러드는 허구의 강이여 무궁한 허위여,
모든 지상의 빛들 사라지고
없는 세석강 가 내 울음 무슨 몸을 얻어
어둠 속 그 마른 갈대들 흔들 수 있을는지.
강은 바다를 기억하지 못하고
나는 너를 기억하지 못하네.
기억이 끊어진 자리자리 깊은 물안개 피어
첩첩한 산속 강물 소리
반짝이는 물살 아득한 총소리 흘려보내네.

나는 소리 내어 읽는다

나는 소리 내어 읽습니다

데리다도 읽고 식경(食經)도 읽고 장정일도 읽고 무
(無)도 소리 내어 읽습니다

소리 내어 읽을 수 없는 것은 어디에도 없습니다

슈퍼에 가서도 읽고 술 마실 때도 읽고 섹스할 때도 읽
습니다

버스에 서서 읽기도 하고 이불에 뒹굴며 읽기도 하고

때때로 물구나무서서 읽기도 합니다

소리 내어 읽을 수 없는 것은 소리뿐이므로

소리의 존재는 의심할 수 없습니다 전지전능한 자본도

포스트모던도 통일도 나는 소리 내어 읽습니다

잠잘 때도 나는 소리 내어 읽습니다

하느님도 6일간은 스스로를 소리 내어 읽으셨으니

살아남기 위하여 매화도 읽고 검은 거북도 읽고

죽음도 나는 소리 내어 읽어야 합니다

오늘도 소리 내어 읽기 위하여 등가의 상징을 지불하고

나는 르페브르와 호킹과 핫 윈드를 구매합니다

자연스럽게 나는 소리 내어 읽습니다

방에 서서 읽기도 하고 화장실에 쪼그려 앉아 읽기도
하고

최진실이 나오는 텔레비전을 보며 읽기도 합니다

아직 영혼과 몸을 이야기하는 사람도 때때로

나는 누워 천천히 소리 내어 읽습니다

나는 잘못 읽는다

나는 지금 제석사(帝釋寺)로 올라갑니다.
아름드리 천도나무 길 양편으로 늘어선 제석사는
이 세상 어디에도 없습니다.
어디에도 길은 없으니 없는 길 반대편을 돌아
눈 덮인 겨울 산을 타고 제석사로 올라갑니다.
타고 온 낙타는 생으로 뜯어먹고 올라갑니다.

제석사로 들어서려면 우울한 오동나무 숲과
얼어붙은 폭포를 세 개나 타고 올라야 합니다.
어디에도 길은 없으니 언 두 다리를 버리고
붉은 기호새들 짝짓기 놀이하던 눈 발자국 따라
제석사 대웅전을 간신히 올라갑니다.
권력의 칡넝쿨이 이 글쓰는 내 뱀 목구멍에서 쑥쑥 자
라 나옵니다.

제석사 대웅전에는 있는 것만 있습니다.
있을 것도 있겠지만 그것은 산신각에서나 있는 것입니다.
삼천 번 읍하면 좌측 세번째 탱화에서 비밀 문 열리고
황금 두루마리 흰옷 입은 미륵불께서 휘리릭 던져주십
니다.
중국 무술 영화 많이 보셨다면 더 은유는 쓰지는 않겠
습니다.
늘 제석사는 흔한 상상입니다

불 켜십시오. 황금 두루마리 펴서 읽겠습니다.

그러나 제석사에서는 아무것도 읽히지 않습니다.
손가락 짚어 천천히 읽어도 잘못 읽습니다.
마른 물고기 앞세우고 제석사 경내를 몇 바퀴 돌아도
이 글을 쓰는 나는 묵시록의 성 요한이 아니니
황금 두루마리에 무엇을 적어야 할지
무엇을 읽어야 할지 번개처럼 초조합니다.
헛기침할 때마다 낙타 한 마리씩 목구멍에서 튀어나옵니다.

아름드리 천도나무 길 양편으로 늘어선 제석사가 허구라면
황금 두루마리 잘못 읽는 나는 잘못 읽는 것이 아닙니다.
……나는 오늘도 다시 제석사로 올라가며 씁니다.
황금 두루마리가 허구이듯 잘못 읽는 나도 어차피 허구입니다.
목구멍에서 튀어나온 핏덩이 낙타 다시 다 뜯어먹고
허구의 숲과 폭포를 지나
한 허구가 다시 허구의 황금 두루마리 제석사로 올라갑니다.
나는 잘못 쓰고 나는 잘못 읽습니다.

젖은 편지를 읽다

자귀나무 붉은 그늘 아래
늙은 소 묶어놓고 연못가
나 둥글게 구부리고 잠들었네
거친 세월이 가고
커다란 바위 같은 천둥 내 잠속으로 떨어져 갈라지고
자귀나무 검은 그늘 아래 문득 잠 깨었을 때
연못은 여린 짐승처럼 온몸 뒤틀며
붉은 자귀꽃 뱉어내고 있었네
늙은 소 어디론가 사라지고
자귀나무 붉은 그늘 아래
내 누구의 사랑도 아니었을 때
내 손에 젖은 편지 들려 있었네
검게 번져 읽을 수 없는
버릴 수 없는 젖은 편지 들려 있었네

젖은 편지를 찢다

어떤 사랑도 오래 머물지 못했네
푸른 칼은 녹슬어 붉게 부스러지고
검은 팽나무 아래
내 젖은 손은 그대가 빠져나간 둥근
흔적의 가장자리만 더듬네
마을은 비어 있고
탱자나무 가시 울울한 내 마음의 자리엔
어떤 사랑도 오래 머물지 못했네
검은 팽나무 아래
내 젖은 편지를 찢네 오
내 검게 번져 읽을 수 없는 나날들을 찢네

다시 젖은 편지를 읽다

(젖은 편지를 찢다의 절망에서 다시 젖은 편지를 읽다
의 의지로 옮겨가는 것은 어리석게도 한때 헤겔리언이었
던 나의 오랜 습관이다. 13시간 32분째 제목 아래 서성거
림. 그동안 커피 세 잔 잡채 한 접시 맥주 한 병 안주는 보
드리야르의 섹스의 백도 한 알. 어차피 시간도 허구이므
로 다시 읽기 위해 『주역』도 읽고 황홀한 허구의 길 나타
나길 기다린다. 이것도 허구이다. 젖은 편지를 내 열심히
줄 그으며 읽었던 자본으로 읽으면 삼국유사 서출지 설
화의 그럴듯한 패러디라 생각하는 건 오해이지 내가 내
게 타이른다. 죽은 둘은 누구이고 살아남은 하나는 누구
인가. 밤만 되면 장롱 책장 어딘가에서 딱딱딱 소리가 난
다. 죽은 지 언젠데 아직까지 나무 소리를 내다니. 괄호
닫는다. 기다리자. 나무 에포케?)

텅 빈 경전에 오르다

네 몸은 너를 잊었네. 하늘이 이르되 청룡칼 푸른 숲 베어넘기고 하늘 쏟아지는 날카로운 불의 혀 그 쇠 붉게 녹여 흘러 물 흘러 온몸 뒤틀며 푸른 강 기름진 땅으로 적시니 흙과 물 번갈아 서로의 살 섞으며 붉은 꽃 푸른 나무 밀어올리나니, 언제 어디 누가 누구를 능멸하는지 이 허허로운 겨울 들판 녹슨 쇠와 쓰러진 나무와 꺼질 줄 모르는 불의 저녁이네. 마른 경전 끝에 매달린 없는 마음아. 어느 마음이 저 마른 강 어깨에 걸고 절름거리며 이 밤 지나가는가. 오 내 몸은 너를 잊었네. 기억할 수 없음만이 나를 기억하네. 땅이 이르되 검은 구름 불러 모아 쓸개를 산허리 흰 기운 촘촘히 얽어 허파 만들고 푸른 숲 바람과 붉은 비 몰아 간과 신장 만들며 한 번의 마른 우레로 지라를 저녁노을로 그 마음 이루어 해와 달이 우리 커다란 눈과 귀이더니, 우우 내 몸은 나를 잊었네. 산이 산을 버리고 마을이 마을을 잊고 내 어느 마음이 끌고 간 강 없는 강가에서 술을 마셨네. 술 취해 비틀거리는 이 몸은 어느 몸인지 술 취해 우는 이 마음은 어느 마음인지. 경전 속 마을은 밤늦도록 흥청거리고 흥청거리며 떠도는 별자리 밑에서 나 소리 내어 읽네. 아무것도 비추어주지 않는 달과 겨울나무와 그 밑의 어두운 그림자를……

제석봉을 내려오다

남해 금산 제석봉 꼭대기
내 모든 죽음이 거처할
허구의 암자 하나 세웠다 바로
허물고 내려오네
아래 겨울 바다 산 모두 흐릿한 목소리로 누워 있고
어디까지 내려가면 나도
저 흐릿한 죽음의 목소리 들을 수 있을지
중턱 약수로 바륨 한 알 삼키고
산 출구에서 컵라면 국물 마시며
남해 금산 제석봉 꼭대기 올려다보네
내 모든 생이 거처할
허구의 집 하나 세웠다 바로 허물어져버리면
다시 저 가파른 산길 타고 올라가
허구의 암자나 세웠다 허물었다 하며
딱딱한 죽음의 목 조르고 있어야 하리
남해 금산 제석봉 꼭대기
내 한 번도 오르지 않은 그곳을
마른 참나무 막대기 짚으며 나 지금 내려오네

푸른 달 앞에 서다

내 황금의 무덤 속에는 낡은 상징들 함께 순장되어 있다. 둥근 무덤 속 제강과 적천(赤川)과 붉은 갈기 황금빛 눈 가진 흰말들은 이제 티끌 위에 새겨진 허구이다. 왜 나의 상징들이 낡았느냐고 묻지 마라. 늙은 소 만나거든 큰 칼로 그 목을 내리쳐라. 보라, 황금의 벽에 그려진 검은 거북의 등 남동에서 북서로 길게 갈라져 있다. 아무것도 읽으려 하지 말고 아무것도 들으려 하지 마라. 흐흐 나는 황금의 무덤 속에 갇힌 둥근 허무이다. 갇혀 있으면 그렇게, 갇힌 채로 두라. 나는 둥근 무덤 한복판에 누운 죽음에 의한 죽음의 균형주의자일 뿐…… 한데 왜 나는 더 젊은 시절 서태지와 김종서와 룰라처럼 노래 부르지 못했던가.

수천 마른 나날들 달고 서 있는
늦가을 오동나무 아래
어둠 오고 내 푸른 달
짐승처럼 오래 들여다본다
거울이다
거울 컴컴하다

책을 덮자 어둠이…… 왔다

50인의 궁사가 쏘아내리는 화살 같은 비가 일연의 몸 위로 쏟아진다. 앞선 검은 길이 상처받은 짐승처럼 자꾸 계곡으로 미끄러진다. 하늘 어디에선가 세상은 하나의 커다란 과녁 그 누가 이 비를 피할 수 있으랴, 코러스 터져나온다. 길 일으켜 세워 일연은 푸른 용들이 제패하시는 황금 연못 찾아 컴컴한 천둥의 계곡 올라선다. 그 옛날 황금 연못의 붉은 여우들은 왜 미륵불의 모습으로 위장하여 푸른 용들의 내장 갉아먹고 있었을까. 생각 돌릴 때마다 대나무 숲이 격렬하게 머리털 세우며 일어서고 수천의 무덤들 격렬한 소리를 내며 가라앉는다. 그 붉은 여우들의 심장에 쇠 활 박아넣은 신라국 최고의 궁사 거타지의 운명은 푸른 용들의 의지인가 나의 오독(惡讀)인가. 겨우 천둥의 계곡을 빠져나와 번개의 능선 올라서는데 날카로운 우박이 표창처럼 일연의 목을 파고든다. 모든 미래에서 피가 흐른다. 지난밤의 꿈이 문득 검은 입을 연다. 이 과녁의 섬에서 움직이는 모든 것이 불순한 것이라면 저 권력의 상처받은 영광은 진정 누구의 것일까. 우리 아무도 중심으로부터 자유로울 수 없다면 이제 이쯤에서 우리도 꽃 한 송이씩 받아 쥐고 잠들어야 좋을까. 과녁의 섬의 영웅 거타지는 황금 연못가에서 푸른 용의 딸 모란과 혼례하고 입안에 여의주를 재갈처럼 물고 태어나는 아이를 낳았다고 일연은 썼다. 그러나 모든 컴컴한 욕망의 질(膣)은 자가 번식한다. 일연이 거타지를 낳고 거타지가 일연을 낳는다. 일연은 아무것도 모른 채 과

62

녁의 섬에서 죽었고 지금까지 우리 아무것도 모른 채 죽
었다.

밥에게 무슨 일이 생겼나

신선이 되는 법을 아시나요? 전설 따라 삼천 리 산 계곡 타고 오르지 않고도 슈퍼에서 마련할 수 있는 인스턴트 신선 되는 법 말입니다.

우선 수염뿌리 깨끗이 제거한 인삼 셋과 30년생 소나무 뿌리에 기생하는 복령버섯 셋을 믹서기로 잘 갈아준 다음 가까운 한약방에서 쉽게 구할 수 있는 생지환즙 세 티스푼과 충분한 양의 아카시아 꿀을 섞어 (반드시) 은그릇에서 반죽하세요. 다시 깨끗한 은그릇에 뽕나무 이파리 석 장을 깔고 약간 걸쭉한 상태의 반죽을 부은 다음 전자레인지에서 1분간만 졸여주시면 되겠습니다. 매일 생각날 때마다 같은 양의 오가피 술에 그것을 풀어 드셔주시면 50% 신선 된 것이지요.

이 제법이 의심스러운 분은 『지선전』『금수전』『천문동고』『포박자』『수진비진』『신선전』 등의 책 참고하십시오,

약효를 드높여 360년 이상 살기를 원하시는 분은 붉은 떡갈나무에 사방 147개의 구멍 뚫고 사통팔달 음양 32가지 약재 넣어 만든 신선 베개를 사용해주셔야 되겠습니다. 그러나 제법이 어렵고 복잡한 관계로, 필요하신 분은 앞으로 나오셔서 첨단 오가와 공법으로 제조한 저희 제품을 이용해주시면 감사하겠습니다.

자 여러분 이제 반 이상은 끝났습니다. 그렇죠, 키포인트는 이제 말도 많고 탈도 많은 밥을 끓는 것이지요. 흰밥의 집착을 끊고 생수와 뿌리줄기가 아홉 마디인 창

포 백 일 동안 말려 가루로 만든 것을 상복해주시면 되겠습니다. 때때로 디저트로 보라 연꽃 꽃술을 부드럽게 핥아먹는 것도 중요하겠지요. 마지막, 하늘 훨훨 날아다니고 싶은 욕망 가지신 분은 푸른 소나무 열매를 쑥 마늘 함께 100일간만 씹어주세요.『열선전』의 처방입니다.

그리하여 여러분은 이제 신선이 되었습니다. 뿌듯하신가요? 신선 여러분, 그럼 더럽고 구질구질한 이곳 떠나 어디 한번 흰구름 속 훨훨 날아볼까요?

선인장(仙人掌)을 버리다

아무도 사랑해본 적이 없다는 거 :
언제 다시 올지 모를 이 세상을 지나가면서
내 뼈아픈 후회는 바로 그거다 :
그 누구를 위해 그 누구를 사랑하지 않았다는 거
— 황지우, 「뼈아픈 후회」에서

빨갛고 노란 비목단 선인장
며칠 화장실에 갖다 두었더니 그새
뿌리까지 썩어버렸다. 나가
휴지통에 갖다 버리고 다시 현관문 걸어 잠궜다.
내 손 지긋지긋하다.

콩나물밥을 시켜 먹다

병원 영안실 바로 위 식당에서
콩나물밥 시켜 먹었네.
내 욕망의 몸과 벌겋게 비벼지는 시간이
땀 흘리며 부지런히 봄꽃들을 따내고 있는 동안
흰옷 입은 상주들 쭈그려 앉아 담배 피우며
열심히 겨드랑이 긁고 있었네.
겨드랑이 긁을 때마다 플라타너스는
속수무책의 가려운 이파리 키우고
창밖 그 나무 위 검은 비닐새가 유유히 선회하고 있었네.
병원 영안실 바로 위 식당에서
콩나물밥 시켜 먹으며
나 흩어가는 내 한 생애를 보았네.
사랑은 말라비틀어진 콩나물처럼 내 입을 통과해
내 몸과 섞이지도 않은 채
말라비틀어진 내 몸 빠져나갔네.
내 욕망의 날들과 벌겋게 비벼진 시간
땀 흘리며 부지런히 갈 길들을 데우고 있는 동안
덤프트럭 한 대 뿌옇게 흐린 하늘 가득 싣고
영안실 쪽으로 달려오고 있었고.

컴퓨터가 생(生)을 선(禪)하다

황금의 새 아홉 채의 곳간 지키고 있었네
붉고 아주 둥근 언덕 위……까지 자판 치고
담배 한 개비 물고 한참을 기다리는데
갑자기 모니터 화면 글씨 사라지고 광활한 우주가 화
면 가득 나타났네.
후배에게 물으니 절전 기능이라나.
들여다보고 있으려니 자꾸 내가 그 속으로 빨려들어가
는 것 같았지.
붉고 푸른, 보라와 초록의 수많은 별들 사이로 빠져나
가는 속도가
생이 죽음으로 달려가는 것처럼 빨랐어.
푸른 거미를 만나다라는 제목을 달고 내 쓰려는 글들은
유성의 꼬리처럼 타서는 사라져버렸고.
그건 마치 컴퓨터가 생을 선하고 있는 거라고나 할까
아니면 어떤 프로그래머가 컴퓨터로 죽음을 관(觀)하
고 싶었는지도 모르지.
빠른 속도감 못 이겨 꽃과 나무와 강 다 팽개치고
곧바로 우주로 날아가버리고 싶었는지도.
그러나 그 속도의 끝은
우리를 생으로부터 빨아내는 그 둥근 입은 지금 무엇
일까.
그 끝에서 입구를 찾아 들어가는 엔터키를 누르자
죽은 황금의 새 푸른 거미들의 박제 와르르 쏟아져내
린다.

컴퓨터에서도 생은 윤회하는가······
나는 우울하게 이어서 치네
붉고 아주 둥근 언덕 위
한 번도 열리지 않은 곳간엔 찬란한 나날들 그득했네.

나는 내 우산을 잃어버렸다

1

서기 412년 영락대왕 동부여 치러 동가강 건너갈 때,
문득 뒤돌아보면 흰 자작나무 숲 사나운 갈기 세우며 뒤
따르고 있었으리라. 눈이 내린다. 사나움에 쫓겨나도 어
디론가 갔다 늠름히 다시 돌아올 수 있었으면. 그러나 오
늘 마루의 벤자민 이파리 무더기져 내려서 나 종말적 징
후라 징징거리고 있네. 고구려 적 눈이 내린다. 왜 고구
려냐고? 난 지금 『동아대백과사전』 제2권 632페이지를
보고 있거든. 고구마나 쪄 먹어야겠다.

2

광주에 갈 일 있어도 이젠 망월동에 안 간다.

3

무위사가 내 머리 위에 떠 있다, 라고 나는 쓸 작정이
었다. 망할 놈의 원효. 하긴 가보지 않은 길을 내 어찌 알
까. 평지 끝자락 초라한 절 앞까지 버스 나다닌다. 어쩜
홍매화 만개하고 동백은 머언 바다로 터지는데 지금 무
위(無位)보다는 무위(無爲)가 더 나으리라! 극락전 올라
일배하는데 사자란 놈 찢어진 북 하나 등에 짊어지고 기
어 나온다. 정처 없으면 정처 없는 대로 그냥 내버려두란
뜻인가? 월출산 반달 형상으로 돌아 도갑사 해탈문 들어
서니 반들거리는 배롱나무 한 그루 삐삐 마른 내 몸뚱어
리 형국을 하고 서 있다. 해탈이 이런 것이라면 달 뜨는

이쪽은 왜 아직 잔설이 남아 있는가?

4
나는 내 우산을 잃어버렸다.
내 몸 축축하게 젖어 무겁다.

저녁 바다를 건너다

누가 붉은 수평선에 걸터앉아
줄 톱으로 하늘의 네 개 다리 자르고 있다.
갈매기는 해발 만 미터까지 물고기 채고 올라가 멈춰 있고
그 아래 산소호흡기 뗀 도시는 그렁그렁 코 골며
아직 질기게도 견디고 있다.
시끄럽다, 희망도 없이 살아 있다는 것. 하지만
색즉시공은 이제 교양이다.
나무들은 속수무책으로 공한 꽃피우고
공한 주검은 그저 두엄더미처럼 쌓이고 내팽개쳐진다.
아직까지 하늘이 무너지지 않은 건
그 교양과 공즉시색의 틈으로
바다가 폭포처럼 쏟아져내리기 때문이다.
바다에 나가 육각형의 바닷소리 듣는다.
사랑은 오 바다는 속수무책의 틈으로 존재한다!
잘라낸 네 개의 다리 불길 위에 둥실 떠 있고
공중의 물고기는 밤과 함께 검게 썩고 있다.
내 언제 없음에……
있으려 한 적 있었던가.

눈물 꽃 머리 이고
붉은 소 등에 타고
내 어이어이 울며 한 저녁 바다 건너가네

이제 침묵이 다가온다

겨울나무들 헐거운
겹겹의 나이테 벗고 천천히
엄청난 눈보라 속으로 걸어들어갑니다
걸어 텅 빈
여름 산
숨을 그늘도 싸울 적도 없는 여름 산에 다시
헐거운 몸들만 남아
검은 염소처럼 고래고래 소리 지르며 내려옵니다
몸을 버리고도 다시 몸이 남는 이
겨울나무의 낮술

문학동네포에지 064

유리에 가서 불탄다

ⓒ 노태맹 2023

초판 인쇄 2023년 1월 25일
초판 발행 2023년 2월 6일

지은이 ─ 노태맹
책임편집 ─ 김민정
편집 ─ 유성원 김동휘 권현승 유정서
표지 디자인 ─ 이기준 김문비
본문 디자인 ─ 김문비
마케팅 ─ 정민호 이숙재 김도윤 한민아 이민경 정유선 김수인
브랜딩 ─ 함유지 함근아 김희숙 고보미 박민재 박진희 정승민
제작 ─ 강신은 김동욱 임현식
제작처 ─ 영신사

펴낸곳 ─ (주)문학동네
펴낸이 ─ 김소영
출판등록 ─ 1993년 10월 22일 제2003-000045호
주소 ─ 10881 경기도 파주시 회동길 210
전자우편 ─ editor@munhak.com
대표전화 ─ 031-955-8888 / 팩스 ─ 031-955-8855
문의전화 ─ 031-955-2696(마케팅), 031-955-8865(편집)
문학동네카페 ─ http://cafe.naver.com/mhdn
인스타그램 ─ @munhakdongne / 트위터 ─ @munhakdongne
북클럽문학동네 ─ http://bookclubmunhak.com
ISBN 978-89-546-9015-7 03810

www.munhak.com

문학동네